Lucienne Erville - Marcel Marlier

Le chat Follet veut tout savoir

CASTERMAN

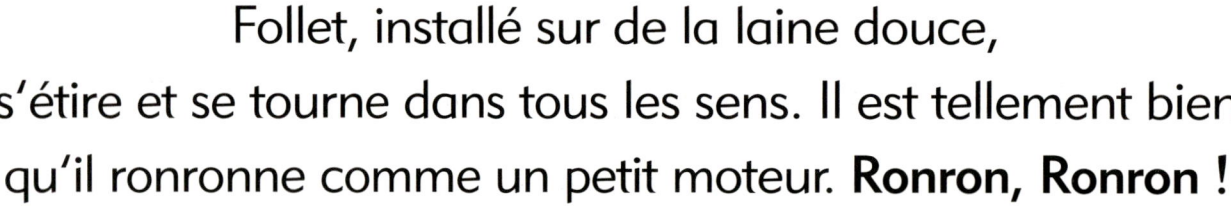

Follet, installé sur de la laine douce, s'étire et se tourne dans tous les sens. Il est tellement bien qu'il ronronne comme un petit moteur. **Ronron, Ronron !**

« Ouaw, Ouaw ! »
– Ça c'est Puick, se dit Follet.
Il se lève et se précipite vers son ami.
– Follet, tu ne t'es même pas débarbouillé, dit Puick d'un air indigné.

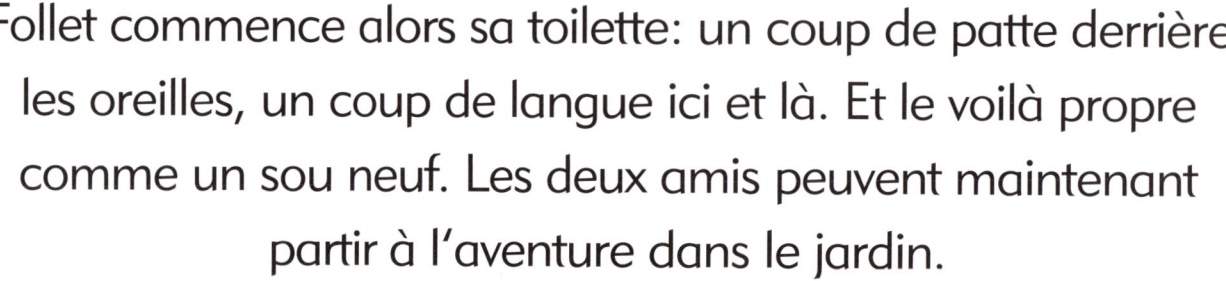

Follet commence alors sa toilette: un coup de patte derrière les oreilles, un coup de langue ici et là. Et le voilà propre comme un sou neuf. Les deux amis peuvent maintenant partir à l'aventure dans le jardin.

Ils s'installent sur le mur et observent les nuages.
– Celui-là ressemble à une pelote de laine grise, dit Follet.
– Moi, je trouve qu'il ressemble
à un matou qui fait le gros dos, dit Puick.

Voilà un autre nuage.
– Ça, dit Follet, c'est un os ou plutôt un chien-à-rallonge !
C'est ainsi que Follet appelle Zouzou le Teckel.
Hihi ! Les deux amis n'en peuvent plus de rire.

– Ce matin, Zouzou et Médor m'ont dit qu'il existe des écoles pour chiens et qu'on y apprend des tas de choses, dit Puick. Follet n'en revient pas ! Des écoles pour chiens !

– Dis Puick, tu ne vas pas me quitter pour aller à l'école ?
demande Follet inquiet.
– Pas question, le rassure Puick,
je préfère jouer avec toi dans le jardin.

Les deux petits amis continuent leur promenade. Sur le chemin, ils rencontrent de magnifiques dahlias roses.
– Qu'est-ce qu'elles sentent bon ces fleurs! s'exclame Follet.

Ils arrivent près de l'étang.
Kwa Kwa !
C'est Reinette-la-grenouille
qui vient dire bonjour
à ses amis.
Oh ! Un, deux,
trois poissons
apparaissent à la surface.
Salut, salut, salut.

Sur le chemin qui mène au vieux chêne,
ils rencontrent Pointu-le-hérisson.
Pointu est très fatigué. Il construit sa maison d'hiver
avant que l'automne arrive.
– C'est quoi l'automne ? s'informe Follet.

– L'automne c'est du temps gris, de la pluie, les feuilles des arbres qui deviennent rouges et puis qui tombent. Dès que l'automne arrive, nous, les hérissons, nous nous endormons jusqu'au printemps, explique Pointu.

— Cela nous permet de nous réveiller en pleine forme quand revient le printemps, ajoute Pointu.
— Comme c'est étrange !, dit Follet.
Je serais incapable de rester des mois sans jouer avec mes amis.

La pluie commence à tomber.
– Venez près de moi, mes feuilles vous protégeront de la pluie, dit le Vieux chêne.
Mais il faudra rentrer avant que le brouillard tombe.

– C'est quoi le brouillard ? demande Follet.
– C'est un nuage au ras du sol qui forme parfois un véritable mur, répond Puick.

Il est alors difficile de voir quelque chose au travers.
Mieux vaut rester à la maison quand il y a du brouillard
ou de l'orage.

– C'est quoi l'orage ? s'informe Follet décidément très curieux.
– Des éclairs qui sont des zigzags de lumière accompagnés de la grosse voix du tonnerre, explique Puick.

– Ce n'est pas grave, dit Follet.
Par tous les temps et toutes
les saisons, nous pourrons nous
amuser dans la cabane du jardinier…
pas vrai Puick ?
– Oui, aussi quand il y aura de la neige.
– Encore quelque chose que je ne connais pas !
Comme c'est gai de vivre,
il y a toujours quelque chose
à découvrir !

Martine un personnage créés par Gilbert Delahaye et Marcel Marlier / Léaucour Création.

http://www.casterman.com
© 2010 Casterman.
D'après « Le chat Follet veut tout savoir » Lucienne Erville.
Achevé d'imprimer en novembre 2009 en France par PPO. Dépôt légal : janvier 2010 ; D. 2010/0053/5.
Déposé au ministère de la Justice, Paris (loi n° 49.956 du 16 juillet 1949 sur les publications destinées à la jeunesse).
ISBN 978-2-203-02896-8